KB234799

꽃 속에는 늘 그대가 있어

꽃 속에는 늘 그대가 있어

박정규 시집

이담 Books

차례

시인의 말 _ 9

제1부 꽃 속에는 늘 그대가 있어

결명자/내 연인이 했던 말 _ 13

금꿩의다리/연시戀詩 _ 14

갯메꽃/그대 _ 15

며느리밑씻개/그래, 좋아 _ 16

민백미꽃/기품 _ 17

은방울꽃/Stair way to heaven _ 18

은방울꽃 2/분리의 계절이 또 지나고 _ 19

백목련/꽃 속에는 늘 그대가 있어 _ 20

능소화/영화, 아내에 대한 기억이라는 제목의 _ 22

제2부 어떤 비망록

박하/괜찮다, 맛있다 _ 25

꽃마리/그 리모컨 주파수는 _ 26

별꽃/어떤 비망록 _ 27

감자꽃/절정은 뿌리에 있는 것이 아니라고 _ 28

버들가지/봄이 오는 소리 _ 29

삼지구엽초/자중自重 _ 30

돈잎꿩의다리/Epitaph _ 31

바위취/순응의 이유 _ 32

고들빼기/역설적 권유 _ 33

국수나무/섭리 _ 34

부추꽃/지각知覺 혹은 아포리즘으로서의 강론講論 _ 35

둥근빛유홍초/다섯 줄로 정리해 보는 자서전 _ 36

금목서/물방울은 소리 내지 않았다 _ 37

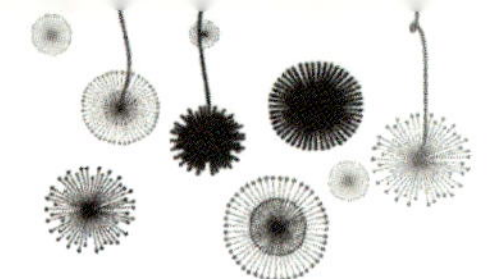

제3부 그대 손톱도 잘 자라고 있었을 텐데

꽃무릇/수목원 대숲의 바람이었나 _ 41

코스모스/다시 또 질문 _ 42

삼색병꽃나무/속울음 _ 43

은목서/영화 한 편의 제목 _ 44

골무꽃/그대 손톱도 잘 자라고 있었을 텐데 _ 47

꽃범의뿌리/망설임 없이 _ 48

금관화/고백 _ 49

낮달맞이꽃/이름의 사연 _ 50

명아주/집착에 관한 소고小考 _ 51

물망초/소프라노의 뜰 2 _ 53

소엽풍란/촬영일지 _ 54

제4부 봄날 써놓은 자서전 몇 줄

흰장구채/거울 들여다보기 _ 57

배꽃/봄날 써놓은 자서전 몇 줄 _ 59

상사화/그건 징검다리가 아니었거늘 _ 61

뱀딸기/고리타분함에 관한 증언, 직유법으로 _ 62

흰꽃창포/연시戀詩 2 _ 64

노랑머리연꽃/숨 죽여지지 않는 돌연변이에 관한 보고서 _ 65

붓꽃/그대 나를 읽어다오 _ 66

부채붓꽃/나를 위한 기도 _ 67

찔레꽃/폭설한파 _ 68

노랑꽃창포/별을 깨물다 _ 69

나팔꽃/시의 질문에 대한 답변 혹은, _ 71

소나무암꽃/그 초겨울처럼 비가 내린다 _ 72

붉은접시꽃/머리카락이 증거다 _ 73

부록

아내 _ 77

시간 속에서 _ 79

문자조립 _ 80

동면冬眠연습 _ 82

相思(상사) _ 83

평론 _ 84

시인의 말

나 흔들리지 않고 살아가는
진정한 증거
굳이 내보일 필요가 있겠는지

야곱은,
라헬의 눈물을 잊지 않았다

꽃 속에는 늘 그대가 있어

결명자/내 연인이 했던 말

부릅뜨기 잘하는 눈
뾰족한 지껄임 당연히 여기는 입술 모양새
절대 그냥 놔두지 않겠다는 말만으로도
마음 철렁했는데
차라리 팔팔 끓는 물에 자기를 넣어 보라던
그 뜨거움 견뎌낼 수 있다던
속살에 스민 것 다 우려내 마시게 하겠다던
다시는 어둡게 만들지 않겠다던
선선한 마음의 눈 갖도록 스며들어 온

여전히 뒤뚱이다 불뚝거려도
곁에 있다면,
싱겁다는 듯 웃으며 토닥여 주려나?
엉뚱한 짓 그만하라며
등 찰싹 치는 시늉하려나?
이미 다 알고 있었을 테니
간지럼 먹이며 깔깔거리려나?
우리 들러붙어 있었음은
아주 사소한 것들로 만들어졌음을
겨우 알게 되었는데
이제는 정녕
닿을 수 없어서 이어지는 불면

갯메꽃/그대

산에도 뜰에도 있고 싶어 하지 않던
몸으로 바람 확인하며 갯가에 기댔던
시달림 꾹꾹 눌러 참기만 했던
깔깔거림의 습관은 버리지 않던
뺨은 언제나 그렇게 환해서 곱던

며느리밑씻개/그래, 좋아

이 딱한 것아, 그러기에 내가 뭐랬어? 시시한 종자에게 시원찮은 찬밥을 먹게 될 거라고 그랬지? 뭐, 그것도 괜찮았다고? 그래, 좋아. 수저 하나 더 놓는 건 어렵지 않았으니까. 그렇더라도 넌 정말 딱한 것이었어. 그만큼이면 됐지, 시시하고 흔해빠진 내 시까지 날름날름 삼키다가 먼저 날아가서 내려다보니 어때? 시시껄렁한 이 꼴 좋지?

민백미꽃/기품

지나치게 푸르고
우악스러운 것들의 틈새에서
고개 갸웃 내밀었지만
반듯함은 한 번도 흩지 않은

은방울꽃/Stair way to heaven

이 마음 판에 새겨진 느낌표
선명한 아름다움의 기억이라고 말해야 하는
몸 숙여 들여다볼 때마다
찰랑거리며 들려오던 소리
착하고도 환한
그 속 다시 헤아려 보는 일은
정녕 천국 계단에 이르는 이정표일까
그 온유함과
그 오래 참음과
그 무례히 행치 않던 힘의 실감
그러므로 잊지 않기를
남겨진 저 사랑이 나를
이 공허의 바다에서 건져 주고 있음을

은방울꽃 2/분리의 계절이 또 지나고

우리 노래의 음표 멈춘 휴지부休止符
슬쩍 들여다볼 때마다
그 데스캔트* 또 살아나고
이 기억의 페르마타*
어디쯤에서 멈출지도 모르겠고
그 소리 내던 깊은 속
다시 보고 싶어도 지금은 다만
순응의 습관을 배우는 시간이라는
짤랑거림의 속삭임만 남았을 뿐

* 데스캔트(Descant): 합창 속에서 한 사람이 독창을 덧붙
　여 화음을 장식하며 합창을 이끌어 가는 기법.
* 페르마타: 음표나 쉼표 위에 붙이는 박자 늘임표.

백목련/꽃 속에는 늘 그대가 있어

걷다가
꽃잎 툭 떨어지는 그 아래에
우두커니 서 있어 본다
라라 파비안의 노래를 떠올린다
깨어진 맹세
해로偕老의 약속은 스러졌고
이 세상의 세계에서 사랑할 방법도 없는데
닿기까지 혼자 걸어야 할 길은 남았다
막막함은 아닐지라도
이 걷는 일의 무미건조함에 대해서 생각한다
그러니까 너는 목련이었나
활짝 피어야 할 순간의 때에 낯을 닫다니
분리되는 통증의 바람 앞에서
아파, 작게 말하면서도
미련은 내보이지 않으려 하던 기억

절절하게 남아
목젖 또 치받혀 오르고

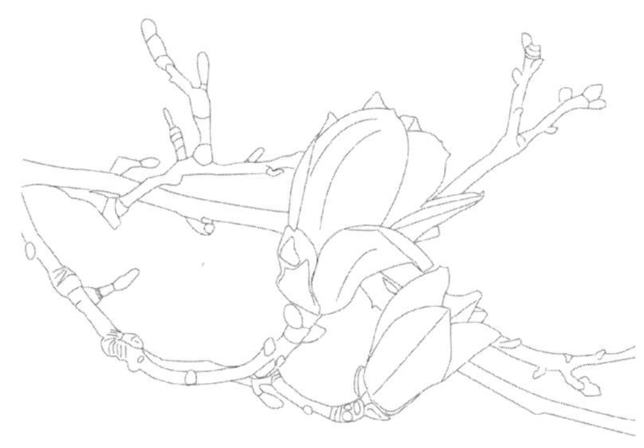

능소화/영화, 아내에 대한 기억이라는 제목의

내가 쓰고 연출했던 그 엉성한 작품 속에 아예 쑥 밀고 들어온 사람이었다 손짓 몸짓 말투며 숨소리까지 착하고 환해서 그따위 대본의 히로인으로는 차마 아까웠는데도 이 작자는 수틀리면 늘 소리를 내질렀다 NG! 마땅찮다고 지껄여대는 동안 같잖게 만들어진 각본 탓은 해 본 적이 없다 아직 어설픈 새끼들 연기 지도를 하게 되면서 겨우 헤아리고 더듬게 된 사실이다 그 따뜻한 호흡이 감싸 안아 주던 것들과 친하게 지낸 활자들이 말해 준 그리움에 관한 뜻도 간신히 알게 됐고

이 촬영일지에는 빼먹고 적지 않은 게 더 많지만 다시 끼적여 둘 필요는 없다 묵묵한 되새김질만으로 나 이렇게 늙어 갈 수 있게 됐으니

어떤 비망록

급해서
전자레인지에 넣고 돌린 감자 몇 알
설익었는데도 괜찮다, 맛있다
이것으로 충분하고
국물 맛 강조하는 라면까지 곁들이니
아쉬운 것도 없어져서 웃는데
먼저 들어와 있던 내 새끼 한 마리
허겁지겁하던 아비에게 말한다
—아빠, 감자에 라면 국물 끝내주는 거 몰랐어?
저놈도 급했던 적 여러 번이구나
마음 스산해지는데
말하는 그 뺨 오히려 눈부시게 환하다
저 음성에 포만감 생기는 것도 이상하다
구김살 없이 선하게 밝은 빛깔이어서 그럴까
저것들은 제 엄마를 닮았다

꽃마리/그 리모컨 주파수는

길고도 긴 파장을 지녔다
편치 않을 때가 있다
기우뚱거릴 때 붙들어 주는 힘 여전하다
흐릿해지면 여지없이 지지직거린다
늘 만져지고 주물러지는 것 같다
사춘기인데 어쩌라고!
그때 맘대로 못 해서 마땅찮다던 작은놈
투덜댔지만 그 수신을 당연히 여겼다
걷고 앉을 곳 가리는 눈빛도 제법 그럴듯해졌다
시그널에 묶여 있었음의 안심
이제 기의보다 기표를 좋아하는 것이 됐다며
툭툭 돌부리 걷어차는 허전한 발길질
가끔 내보이지만

별꽃/어떤 비망록

보석은 쉽게 마모되는 것이 아니라는
문질러질수록 빛나는 색깔이 될 뿐이라는
깊이 품어보지 않으면
마음 괴롭게 문질러지는 일
정녕 알 수 없으리라는

별 하나는 떨어져 스러졌으나
이 갈비뼈로 만든 형상이 남긴 자국
평생 쓰다듬어 문지르기로 작정한 사내는
남은 별 두 개 껴안고 늙어 가느니

감자꽃/절정은 뿌리에 있는 것이 아니라고

잎과 줄기에는 매달 수 없어서 뿌리에,
생애의 모든 의미를 담아야 하지만
매달린 장식 하나쯤은 머리에,
늘 달아보고 싶었답니다
그러니 오늘은 나를 꽃이라고 불러주세요
잠깐이라도 이렇게
황금빛 관冠을 쓰고 있으니까

버들가지/봄이 오는 소리

싹 돋은 모습 보려면 조금 더
기다려야 한다더군요
아직 겨울 강 건너는 찬 바람
견뎌내는 나뭇가지가 물기를 머금고
조급해하지 말라며
억지가 오히려 메마르게 만든다며
잘 견디고 있으면
맑은 햇살 내려오는 어느 날
아주 마음껏 부풀어 터지게 되리라며
속살 슬쩍 내보였네요
봄 오는 소리에만 귀 기울인 자세는
정말 태연자약했답니다

삼지구엽초/자중自重

나는 다른 이름도 지녔단 말이야
음양곽이라고 하는
일찌감치 그대에게만 사용 점유 허가를 내준
톡 쏘는 것을 밝히는 것들에게
톡 쏘는 겉모습조차 으쓱댈 수 있었지만
속에 감춘 것만으로도
놓친 기력 북돋는 힘을 지녔지만
함부로 몸을 드러내 놓지는 않았어
시정잡배잡년들까지 환장해서
날 뜯어먹겠다고 덤벼들게 뻔해서
금방 말라비틀어졌을 테고

돈잎꿩의다리/Epitaph

오불관언吾不關焉의 습관이란

흔들면 흔들린다는 것
비 오면 젖는다는 것
혹독함이 휩쓸어 간다 한들,
아쉬워하지도 두려워하지도 않는다는 것
이 존재의 본질은
무상無常이 아니지만

바위취/순응의 이유

각박한 돌덩이 틈에도
살아 돋아나는 게 있었습니다
그 숨 쉬는 모습 가만히 들여다보다가
귀 씻고 열어 사는 일의 뜻을 물으니
자기 뿌리내릴 곳,
바위틈이라고 말했습니다
저 들판의 술렁임과 치받아 오름은
차마 삼키거나 삭혀낼 수도 없었다며
바위틈의 물기 이끼 거기 살아 있는
것들의 기꺼움만
부끄러운 반점에 담아
코끝에 내보일 뿐이었습니다
흔들리지 않고 살아 있음의 진정한 증거
굳이 내세울 필요가 있겠느냐며

고들빼기/역설적 권유

생김새가 제법이지요?
벌레 따위도 널름거린다니까요
그러나 조심해야 돼요
아주 쓴맛을 지녔거든요
그게 두렵지 않다면
먹고 마시고 삼키는 일에 흥미를 잃었다면
눈 딱 감고 나를 그대의 속에 삼켜보세요
그 쓴맛 참아내다 보면
조금씩 구미가 살아나게 될 테니

비 올 것 같으면
더욱 화사하게 웃으라는
태연히 서 있으라는
눅눅함에 몸 불어 터질 것도
아랑곳하지 말라는
누가 들여다보든 말든
상관하지 않으면 더 좋으리라는

─마음이 청결한 자는 복이 있나니 저희가 하나님을 볼
　것임이요

부추꽃/지각知覺 혹은
아포리즘으로서의 강론講論

광야로 내몰린 무리는 어쩔 수 없이 그리움에 매달리게 돼 그중에서 한두 사람만 꿈꾸는 시각을 갖게 되고 모세는 무슨 색깔의 꿈을 꾸었을까 그 땅에서 피던 하찮은 부추의 꽃까지 화사했음을 알고 있었을 텐데 그러나 저쪽 세계로 돌아설 수는 없는 일 이 광야 또한 스쳐 지나가는 길이니 황량한 바람 두렵지도 않았으리 어서 건너기만 바랄 뿐 그런데 사람 생겨 먹기가 어디 그런가 오랜 세월 광야에서 배회할 것을 뻔히 알면서도 버리지 못하는 그리움을 끌어안는 것들이니

부끄러움은 언제부터 갖게 된 것일까 이 감각의 초점 빗나가기 일쑤임을 깨달은 순간부터일까

내 앞에 펼쳐진 광야의 길에 또 술렁이는 바람이 부네 새로운 각성을 기다리면서도 여전히 그 화사한 맛의 미련을 버리지 못해 들뜨게 되니 건너갈 일이 참 아득하네

둥근빛유홍초/다섯 줄로 정리해 보는 자서전

선뜻 끄덕이기 낯선 손짓 몸짓이 컸다는
비뚤어지지도 못하는 이상한 뒤뚱거림이었다며
그나마 귀도 큰 작자여서
명랑한 소프라노의 발성을 할 수 있었다던
사람의 말이 남았다

금목서/물방울은 소리 내지 않았다

내가 참 사나운 화가였구나
견고한 형상의 각박함만 그려 내보였던
부릅뜨고 들여다보기를 잘하던

문득 물방울 목소리가 듣고 싶었다 생겨 먹기의 틀 벗지
못하는 이 마음의 거울 위를 굴러다니던 틈조차 없는 곳에
스며들어 보겠다던 이상한 고집이면서도 소리는 내지 않
던 또 무엇을 그려댈지 지켜보던 사람의, 그러나 마음으로
만 문자를 보내고
　—그 휘젓던 박자를 여태 세고 있어요
　날아온 답신을 바라보며 웃는다 움켜쥔 붓 순하게 넉넉
한 색 묻혀 보는 시늉 가끔씩은 내보였을까 그렇더라도 다
시 고쳐 그리기에는 뜻이 없었으니 한 세월 사납게 휘둘러
지기나 했을 테고 이 속내의 색 멋대로 휘저어져 튀면 출
렁이지도 않고 흘러 구르기만 할 뿐 물방울은 여전히 소리
도 내지 않았으리

제3부

그대 손톱도 잘 자라고 있었을 텐데

꽃무릇/수목원 대숲의 바람이었나

묶여 있지 않게 된
몸줄 꼿꼿이 세워 버텨 막아도 쟁쟁
스치는 소리만 냈던
흔적 따위 붙들어 보려는 일
덧없음이라고
솟을 줄밖에 모르던 내게
여전히 대나무로만 남고 싶으냐며
집착으로, 파랗게 질려 있는
몸 한 마디쯤을 잘라내 통이 되어서
울리는 소리 채워 보지 않겠느냐며
명랑하게 깔깔대다가 날아간 사람아

코스모스/다시 또 질문

일으킨 먼지 옆에 지켜 서 있으면서
어떻게 그렇게 붉은 뺨 모습일 수 있었지?
그 길 내달리며 땀 흘려서 지우려던
허세의 열등감
감춰 주기 위해서였다고?
난폭하게 휘저어도 한들거리면서?
다 알고 있었기에 아무렇지도 않은 듯?
세월 지나 맛볼 이 쓰라림
훤히 헤아렸기에?

삼색병꽃나무/속울음

자기 자태도 화사하다는 표시는

드물게 한 번씩만

고달파 우울해질 때면

차라리 깔깔거리며 삼킨

요란하지도 않아서

그 속을 자꾸 들여다보게 만든

우아함의 무게 재 보자는 저울 위에서는

발꿈치 들어 까치발을 한

빨강 분홍 그리고 하얗게

알 수 없는 애틋함만 보여 준

은목서/영화 한 편의 제목

[F.I]

#1

처음 데뷔했을 때부터 표정 연기 지도와 분장까지 책임
졌던 장모께서 우울하다.

－내가 이제 기운이 없네.

－다른 건 신경 쓰시지 말고 건강만 챙기세요.

－자네가 그렇게 늙는 것도 가엾고.

[Monologue]

혼자 늙는 것은 가여운 걸까. 선친께서 저 말을 들었다
면 혀를 차셨을까. 너희들 삶 마음껏 연출해 보라며 널뛸
무대 장치에만 몰두하셨으니 턱없이 겅둥거리셨을지도 모
르겠고.

#2

그녀 목소리 가라앉는다.

―자네는 내 아들과 같아.

―네, 잘 알고 있습니다.

―내가 자네 애들에게는 뭘 해 줘야 할지 모르겠네.

―별말씀을요. 여태까지만 해도 충분하고 넘칩니다.

그녀 갑자기 끙, 소리를 내며 일어나 앉는다.

―이러고 있을 때가 아닐세. 좀 알아볼 게 있네. 자네는
　어서, 가서 일 보게. 나도 할 일이 생각났어.

콜로라투라 음색에 돌연 활기가 돈는다. 눈빛도 반짝인다.

[Monologue]

이건 어떤 묶임인가. 나서서 챙기고 쥐어 줄 게 있음을
깨닫는 순간 또 덥혀지는 저 가슴이라니.

그러니 보라, 아내여. 저분은 이 질긴 끈의 포박 매듭 풀

어 줄 생각이 없다. 그게 뜨거워서 맺히는 눈 밑의 물방울 슬쩍 문질렀다. 그러할지라도 우리 서로 묶여 기댔던 동안 풍겨온 향기는 흔적만 남았구나. 저 풍성한 콜로라투라 호흡법 따라가며 배우기 벅차 했던가. 그러나 그대는 거기 부드러운 명랑함을 더한 리릭소프라노였으니.

[Dissolve]

[F.O]

골무꽃/그대 손톱도 잘 자라고 있었을 텐데

세월 이만큼 지났다
마음 혼자 문지르며 견뎠다
번거롭지 않아 괜찮다며
아무렇지 않은 척했지만 사실은
그대가 늘 곁에 있었으면 했다
성질머리라든가
손톱만 뾰족하다며 투덜거릴 수 있던 이
그걸 겸연쩍어 하면서도
할퀴어대는 그 짓이 차라리 속 시원하다고,
그게 낫다고 여기게 만들던 사람아
내 웃자라는 손톱도 만만치 않아서
마주 할퀴어댔겠지만
그 어쩔 수 없는 것들을 오히려
쓰다듬고 싶어 했을 우리

꽃범의뿌리/망설임 없이

365×6 =

무엇을 인정할 만한 시간이었는지 또 한 계절 별똥별처럼 스러지는 것을 바라보네 꼬리 물고 떨어져 쌓인 것들 쓸어내야겠네 한 올씩 수를 놓겠다며 펼쳐 놓은 것도 다 털고 접어야겠네 찔려 맺힌 빨간 방울 거기 문지르고 찔끔거리며 들여다보는 것까지 참아야겠네 그 공명 따라 부르던 허밍, 그 음표 떨어져 그늘진 곳에 쉼표 몇 개 붙이네 레시터티브*로 불러보네 사람아, 하늘에서의 그대 노래 여전히 명랑할 것을 믿으니 이제는 나도 흐드러져 버려야겠다고 부르는 동안 햇살 더 따가워졌네 끄집어 꺼내 피어낸 꽃 곧 여물겠네 더 무르익게 하고 싶네 그늘 다 걷어내야겠네 아예 흐드러져 버릴 수만 있다면 정말 좋겠네

* 레시터티브(Recitative): 독창 혹은 합창 중에서 낭송처럼 내용을 전하는 방법.

금관화/고백

이 이야기는 메타포도
뻔히 보이는 이미지도 없이 다만
진술에 의지할 뿐이다
한 사람이 마음에 쑥 스며들어 온 것과
정겨운 숨소리 귀에 불어 넣어진 것과
거기에 대한 반응이랍시고 내보인
열정의 시늉
늘 제멋대로였던 것과
그 일들을 생각하면 가슴은 여전히
술렁이게 된다는 사실
갈증으로 때론 통증으로

낮달맞이꽃/이름의 사연

밤에 피어나는 것 싫었답니다
별 쏟아지기 기다리는 것도 안타까웠대요
많이 보여 주고 싶은 안달이었다는데요
그 별 깜빡깜빡 졸고 있는 것은 몰랐답니다
뺨 돋보이는 방법도 알지 못했다는군요
그러다가 결심했답니다
봐 달라고, 봐 달라고
환한 낮에 얼굴 내밀어보기로 했다는데요
깜빡거리던 별 잠든 것은 여전히 몰랐답니다
대신 얼굴 내민 짓궂은 햇살 따가웠고
저 착한 것은 그래서 연분홍 뺨에 붉은 핏줄
내보이게 된 것이랍니다

명아주/집착에 관한 소고小考

훌훌 날아다니기를 좋아했다
그걸 늘 원했는지는 모르겠는데
목마름 맛보면서 알게 된 하나가 있다
나를 정말 나처럼 만들던 것은 묶임이었다고
그 끈 툭 끊어지면서 생긴
자기연민도 아닌 이 슬픔 속에서
이제 무엇을 결심해야 할까
세월에 그냥 잠겨들어야 할까
퍼덕거림조차 삼가면서?
그건 들볶음 덮어 놓는 것뿐일 텐데
튀는 것 참고 또 참는 시늉에 불과한

밤새 비가 왔다
창문 앞을 지나는 전선에 참새 한 마리
젖은 끈 혼자 움켜쥐고 있다

버티고 비 맞음이 내 고집의 터무니없음 같아
웃었다, 웃다가 슬쩍 눈자위 문질렀고
언제나 있을 자리에 있는
아, 네가 참 새로구나, 중얼거리면서

물망초/소프라노의 뜰 2

고물 선풍기 고개를 이리저리 돌리고 있었다
연립 주택 텃밭의 뙤약볕 얼마나 따가웠을까
채소 뜯어와 다듬는 소프라노의 젖가슴과 등짝을 늘어
진 티셔츠가 가려주며 함께 땀 흘렸다
그 어깨 쪽에 고정 버튼을 눌렀다
황지우의 시가 차려졌다, 거룩한 식사
먹는 동안 가슴 먹먹하고 시큰거렸는데
속에는 진땀이 뚝뚝 떨어지는 것 같았는데
소프라노의 명랑한 발성이 이어졌다
"왜? 난 그래도 이게 고맙고 즐거운 걸"
그건 타고난 음색
오래 연습하고 훈련해도 나는 따라갈 수 없던
사람아,
그러니까 이런 기억이 그리움이라는 것이냐

소엽풍란/촬영일지

내 생애 촬영일지라는 기록물을 펼쳤더니 빼먹은 게 수
두룩하다. 비워둔 행간에서 팔딱거리는 놈이 있다. 속에만
담아두고 계속 혼자 으쓱거리겠느냐는 말로 대든다. 새삼
스러웠다. 땀 흘리는 육체가 맛보는 뜨거움 언제나 어디서
나 여전히 원하고 있다는 사실이. 눈을 조금 더 열었다. 내
연기력의 특징이 나타났다. 귀와 시선이 오지 않으면 오버
액션이 다반사였다. 둥글고 선한 표정연기 모자란다는 평
판 듣기 싫었고 속 부글거렸고 대놓고 뱉어내지도 못했다.
그 울컥거림 흔적도 없이 깨물어 삼키려고만 했으니 글자
몇 개 더 적었다 한들 달라질 것도 없다. 죽어도 버리지 못
하는 이 생겨 먹기의 어찌할 수 없음에 관한 증거가 추가
됐을 뿐일 테니. 촬영일지 부록에 실린 닳지도 않는 영화
한 편의 제목처럼.

제4부

봄날 써놓은 자서전 몇 줄

흰장구채/거울 들여다보기

내 세월에 가을이 깊었다
미명처럼 깨어 있겠다며 우기고 싶은
마음의 덧없음 닦아내기로 한다
안타까움 견뎌냄이 순응의 습관이리라
그래도 궁금하다
거울에 비친 붉은 얼굴의 까닭이 무엇일까
취기에 의지해서 세월을 보낸 증거일까
부끄러움이라면
숙면 대신이라며 품었던 잔 눕혀 놓고
여전히 쩌릿한 속, 혼자 마셨던 기억들에게도
속삭여 줄 수는 있으려는지
꽃 풀 우거졌던 여름의 기억 들추지 않으리라고
얕고 급했던 호흡 스러질 때쯤에도
푸석이는 소리는 내지 말아야겠다고
우두커니 들여다보는 거울에

물기가 맺혀 흐르기 시작했다
화사하게 치장했던 허세가 사실은 슬픔이었으니
그 바둥거림의 헛됨을 다 걷어낼 때가 왔다고

배꽃/봄날 써놓은 자서전 몇 줄

花淑이라는,

그 꽃 맑음의 향기 들이켜던 봄날

내 생애에서 잠깐이었던 것 같은데

그걸 돌이킬 수 없어

혼자 취해 넋 놓을 때 많거늘

지워보겠다는 핑계로 눈 꾹 감고

유곽을 어슬렁거리는 천연덕스러움은

애초에 지니지도 못한 태생

그런데 딱하기도 하지

다섯 자 여섯 치 칠푼의 내 키에

석 자 세 치 서 푼의 잣대 들이대어진 적 몇 번 있고

그 잣대를 쥔 누군가는 자신이 잴 수 있는 범위를 넘었
다며 발끈하기도 했고

그때마다 슬쩍 코 막고 웃은 것은

난쟁이똥자루에서 풍기는 강박의 냄새

터무니없는 구멍으로
터무니없이 터져 나올 때 많음을
그냥 알고 있었기 때문

상사화/그건 징검다리가 아니었거늘

끈 쥐고 놀던 여자아이 들뜬 시각의 작자를 따라붙어 묶
어 버렸고 두 아이 엄마가 됐다가 이제 하늘에서 웃고 따
라붙어 구경하기를 좋아하던 이 하나가 묶던 그 모습 흉내
내 보면서 웃기도 하는데 소리 메말라 목젖에 들러붙을 때
가 많고 닿게 하지도 놓게 하지도 않아서라며 혼자 막막해
하기를 잘하고

그러니까 그대여 내 말을 들어라 우리는 서로 다른 계절
을 살아 왔느니

여기는 가을이 깊어가고 어떤 씨 몇 개 만들어 지었나
더듬어야 하고 거기는 더 출렁이는 여름의 끝자락인가 그
렇더라도 무성한 상념의 덤불 남겨 두자고 할 수는 차마
없음이니 분리의 쓰라림이 주던 그 무서움을 맛보는 이 마
음의 곁에 있어 준 사람아 이제 가만히 말해야겠다 손바닥
펴 함께 햇살 받던 기억만으로도 충분하다고 그 목마름과
이 갈증 채워 줄 자리 이 세상의 세계에는 만들어져 있지
않음을 우리는 받아들여야 한다고

뱀딸기/고리타분함에 관한 증언, 직유법으로

가끔은 모르는 이와 몰래 섹스하고 싶습니다. 실제로는 늘 엉거주춤하면서 말입니다. 이런 마음을 귀하께서는 전혀 상상치도 않았지요? 슬쩍슬쩍 들여다보는 이가 말합니다. 벗어던지지 못하는 자의 태도가 그렇다고요. 뒤틀려 있는 형상 적나라하답니다. 하, 벌써 전에 알았다면서요. 빌어먹을! 그러면서 덧붙이더군요. 이게 밖에는 다 가려져 있는 줄 아는 착각이 딱하다고. 혼자만 반듯한 척하는 거 언제나 놓겠느냐며 위선이랍니다. 무엇이든 생각날 때는 멋대로 마음껏 해 보라는군요. 마땅치 않으면 자기라도 대신 손 마주쳐 주겠답니다. 그 말이 어색해서 속으로 투덜거렸습니다. '저게 또 웃기고 자빠졌네' 그이와 섹스는 생각조차 않는 이유이기도 합니다. 언제나 나를 훤히 알고 있다는 태도거든요. 그러니 저런 소리도 할 수 있지요. 때로는 지겹습니다. 닿게 하지 않지만 놓지도 못한다는 사실. 닿고 싶음을 인정하지 않음은 자기기만일까요? 하여튼 여기까

지인데 어떻습니까? 충분한 증언이 됐습니까? 그렇다면 귀
하께 하나만 묻겠습니다. 모르는 이와 몰래하는 섹스, 그거
할 만한 것이든가요? 돌아서 나오며 구토는 나오지 않던가
요? 잘 모르시겠다고요? 문제로군요. 시원한 답변을 주고
받지 못해서 답답합니다. 네? 그냥 그렇게 살자고요? 그러
려니, 그러려니 하면서?

─사랑에겐 사랑일 수 있었음이 이미 보답이다 내게 이
　를 가르쳤음은 당신의 힘이다

이 세월의 가을 깊어지는데도
마음자락 끝에 매달고 있었나
속 타올라 붉어지면서
다시 노랗게 애태우며 견디다가
결국 쓸쓸한 춤사위로 떨어뜨렸나
미련의 꼭지는 들여다보지 않더라도
그러나 묻고 싶다
언젠가 용서의 시간은 오려는지
내 시절 여름이었고
한 무더기 물이며 소나기였을 때도
그 목마른 푸름 아랑곳 않던 것
들이붓기만 했을 뿐
우리의 한 세월 그냥
스쳐 지나가는 것처럼 여겼던 것

노랑머리연꽃/숨 죽여지지 않는
돌연변이에 관한 보고서

뭍을 어지간히 동경했다 조금만 튀어 오르면 디뎌 볼 것
같아 열심히 꼬리쳤지만 자꾸 미끄러지고 부딪는 내 집 작
은 어항 속이었다 가끔 들여다보는 그대가 턱없다는 듯 혀
를 찼던가 그래도 그냥 계속 머리 부딪기로 했다 애쓰며
애써도 건너가 섞일 수 없는 나의 세계 너의 나라 단지 유
리 한 겹 둘러졌을 뿐이니까

붓꽃/그대 나를 읽어다오

　　－다윗의 시를 읽다가

늘 떠돌아다니던 이 마음
그나마 들뜨지는 않았고
활자와의 섹스,
껴안고 뒹구는 동안에도 담담할 수 있었는데
이 시는 또 뭔가
전혀 요염하지 않은데 덜컥거리게 되다니
터무니없게도
그리하여 그 기호가 내보인 침묵에
애가 타고 가슴이 들볶인다

그러니까 착각은 자유라는 말이 맞다 여태껏 제멋대로
시 쓰는 작자들의 지음지기를 꿈꾸었다니 거기 부여한 의
미가 같잖고 천박한 감수성의 시답잖은 것이었다니

부채붓꽃/나를 위한 기도

어찌해야 좋을지 멋대로는 산 것 같은데 원 없이 산 것
같지는 않으니 이 고집의 생겨 먹기는 쿵쿵 뒤도 안 돌아
보는 발자국소리였다 그게 자꾸 화가 나는 것은 내가 희미
해지지 않는 게 여전해서일까

아이들은 곧 세밀한 시력을 갖게 되리라 더 잘 보고 더
깊이 파악하기 시작했을 때 아비는 표상이 될 수 없음도
알게 될 테지 늘 둥글고 그럴듯한 말 뱉어댄 것 내면의 완
악함 내보이지 않으려는 허세였음을 그걸 감추기 위해서
시인을 빙자하기 잘했다는 것도 읽으며 저놈들이 허탈해
하지는 않으려는지 입술 지그시 깨물지언정 내 아버지 그
럴 수밖에 없었다고 고개 주억거려 주기를 바라는 스스로
를 건너다보니 쓸쓸하다

찔레꽃/폭설한파

—꿈속에서 또 꿈을 꾸다

발 동동 구르다 내뱉는 이 직유
어설프겠지 그러나
쏟아져 쌓인 저 눈 자리
두툼하게 자리 잡을 알곡 움터 같고
귀때기 깨무는 이 바람 추위
근질거리며 갉아댈 간사한 이빨의 버러지들
그 대가리 미리 후려친 것일 테니
사람아, 그대와 나 지금은
서로의 언 손 이끌어 가만히
가슴에 닿게 해 볼 일이다
시려 부르튼 손등 쓰다듬으며
품에 한번 품어볼 일이다

노랑꽃창포/별을 깨물다

툭하면 발성연습이었다
한 호흡에 여러 소절 거뜬해야겠다며
거침없는 내딛기이기를 바랐다
사뿐거림에 간지럼 타는 마음 있었지만
마음 밭 갈아엎어 씨 하나 박으면
그게 곧 별이 되어 반짝이게 되리라고
믿고 또 믿으며 우쭐댔다
그런데 이게 뭔가, 눈가의 주름
이건 또 뭐지?
주름 굴곡에 스며들어 와 있는 흔적들은
꿈꾸는 노래에 가쁜 숨소리 섞이고
정둥대기만 하던 세월로 닳고 빠진 자국
움켜쥔 붓 자락에 여러 곳인데
꾸역꾸역 시 삼키는 일은 놓지 못한다
꿈꾼 날만큼은 숙면일 수 있고

자주 더 많이 사람아, 불러볼 수 있고
내가 그이를 부르는 이 일은
사람이 꼭 해야만 할 일로 여겨져서

나팔꽃/시의 질문에 대한 답변 혹은,

— 시인 박남철의 말에 기대어서

정말 좋아하는 게 뭐냐고? 엉뚱한 질문이군. 도대체 궁금한 게 뭐야? 음과 색채? 몰라. 으쓱대는 이 몇 명 만나는 봤지만. 음악家? 화사하게 시간을 지배하는 이가 자기 말고 또 누가 있겠느냐대? 현란하게 치장한 이도 마찬가지였고. 배부터 내밀더군. 아주 보암직하게 공간을 잠식해가는 화家라나? 듣고 보며 감탄할 수밖에 없었어. 난 사람이고 싶어서 사람일 수밖에 없는, 그런 집은 지니지 못한 시ㅅ이니까.

설명 들어보니 어때? 그런데 너도 참 어지간히 웃기는 종자야. 시詩여서 그렇다고? 내가 시인일 수밖에 없는 까닭과 마찬가지로? 킥킥, 그따위 말 덧붙이는 건 더 웃겨. 나를 늘 들볶는 것도 그렇고. 내가 정말 좋아하는 건 바로 너라는 말을 또 듣고 싶은 거지? 그래서 딱하다는 거야, 이것아! 시인의 사랑 믿으면 될 텐데 꼭 확인하려고 하다니.

소나무암꽃/그 초겨울처럼 비가 내린다

이건 말하자면 실연 이야기이다

옆에 와 부딪던 그 마음의 물방울 늘 사선으로 튕겨져
나가게 했다는

사선 수직 이런 언어 몇몇 시에 등장한 이후 많이들 써
먹기에 써 봤다만

하여튼 그랬다는 이야기다

이 마음을 움직이는 운전 습관의 생겨 먹기가 그러했다는

멈추기 싫어하던 질주

스며들겠다며 옆에 들러붙던 것 한번 흡습해 볼 줄도 모른

검은 막 붙여 놓아 들여다보이지도 않게 막혀 있으면서
도 태연했다는

그리하여 들러붙던 물방울은 아예 초겨울부터 얼어 버
렸다는 소문이 돌았는데

튕겨졌으나 비껴가지도 못하고 매달렸다가

넘나들지 않게 됨의 몸 시린 자유 기꺼이 맛보기로 했다는

붉은접시꽃/머리카락이 증거다

마음을 좀 쉬게 해야겠다. 곧잘 뾰족해지는 신경 세포는 머리카락을 길러 덮어야겠다. 격한 맥박 급한 들숨날숨도 가라앉혀야겠다. 도무지 잠 못 들 때면 누워 하늘보기라도 해야겠다. 촘촘한 별빛 아래 흩어지는 구름과 그래서 처연해지는 달빛의 이야기를 모두 내 시 상자의 행과 연에 쌓아 둬야겠다. 이 마음 물에 빠져 허덕일 때 끄집어내 지푸라기로 삼기 위해서라도. 숨 내뱉지 못하고 삼키기만 하는 날에도 머리카락은 자라서 나 흔들리지 않고 걸었다는 증거가 돼 주리니.

부록

아내

―아스피린의 또 다른 이름, 때로 위출혈도 무릅쓰게 하는

설렁설렁 지내버린 시간 위에 金花淑의 세월이 포개져
있다 대수롭잖을 수도 있으련만 쉽게 삼켜지지 않는 것들
이 자꾸 걸린다

오늘도 술을 마시면서
한 모금 할 줄도 모르던 것의 눈빛이 오히려 더 취하게
하던 것을 생각한다
그 눈에서 가끔 구슬 같은 것이 떨어지면
덩달아 이 몸을 덮고 있던 헛됨의 비늘도 한 개씩 떨어
지는 것 같았다

잠시 그것을 떠올리다가
다시 또 취해보다가
한번 데워줘 보지도 못한 그녀의 세월을 후후, 불어 삼
키기로 한다

새삼스레 속 아려오는데
그 눈빛 별로 반짝이게 하려면
이까짓 위통쯤은 견뎌내야 할 게다

*박정규 시집 『별은 아스피린이다』 p.46

시간 속에서

마주쳤던 바람들이 가르쳐줬다

누구의 가슴에라도
손톱 스쳐간 자국은 있는 것이니
들춰내지 않고 껴안아 덮으면

다쳤던 것들은 아물어
역사가 되고
기억들 또한 잠들어
가만히 숨 쉬게 되리라는 것을

*박정규 시집 『별은 아스피린이다』 p.12

문자조립

자음과 모음 건져서 엮다가
시옷 옆에 이를 세웠다
아, 시로구나
시옷 옆에 아를 세우고
리을 옆에도 아를 세워
마주보게 했더니
아, 한 쪽은 받침이 필요하구나
미음을 받쳐야할까
이응을 넣어야할까
뒤뚱대다가

자음과 모음만으로는
시가 되는 것이 아니로구나
받침 없이는
사랑일 수가 없구나

그렇구나
사람아,
무엇이 너를 받쳐주고 있는지
누구를 괴어준 적이 있는지

*박정규 시집 『소프라노의 뜰』 p.10

동면冬眠연습

잊히는 것이 두려우면
몰래 눈물 흘리면 될 일이다
아물며 근질대는 것이 지겨우면
북북 긁으면 될 일이다
억지로 잠을 청하며
조지 윈스턴의 피아노 겨울 따위는
듣지도 말 일이다
그리하여 가만히 숨 쉬게 된 어느 날,
돌아보면
어느 먼 곳에 있는 한 사람
잠든 기억으로 남게 될 것쯤은
각오해야 할 일이다

어디에나 있고
어디에도 없는

*박정규 시집 『소프라노의 뜰』 p.58

相思(상사)

詩作筆痕　層層(시작필흔　층층)
定情心痕　重重(정정심흔　중중)

시 쓰는 흔적은 쌓여 가는데
정 품은 마음 자국이 무겁다

*박정규 산문집 『변심했던 아내를 기억함』 p.200

사물의 고통과 연대한 자의 외로움

김재천(시인)

간절해야 시다. 도대체 오매불망寤寐不忘 간절하지 않고 적당히 얼버무린 채 그냥 들이미는 시들이 한둘이 아닌 시대에 진정성을 확보한, 열정이 살아있는, 갈망에 차 있는 목소리를 대하기가 여간 쉽지 않다.

우리들 시대가 무엇에 단숨에 다짜고짜 가버리거나 무엇에 서둘러 닿아버리는 것을 버릇해서일까, 시를 너무 편협하게 해석한 나머지 기형의 불구를 대책 없이 마구 낳고 있어서 걱정이던 차에 돌아앉아서 두런두런 자기 목소리를 내는 시인의 시편들을 만났다.

내가 읽은 시인 박정규의 시들은 단호하지 않다. 아니 단호함을 애써 감추고 있다. 자신의 생이 아직 무엇을 찾지 못하였다는 미완의 의식에서 비롯한 특유의 제스처다.

굳이 프로이트의 심리를 빌리지 않더라도 한 시인의 시는 구순기口脣期, 항문기肛門期를 거치며 성숙하다가 어느 시점에서 절정기를 맞게 된다. 그러나 시인은 그렇게 맞은 사물事物의 개화기에서 중요한 일대의 환경을 만나게 된다. 바로 대상對象이다. 시인의 주변에는 갑자기 온갖 시 이론들이 몰려들어 난무하게 된다. 세상의 모든 시 이론을 만족시키는 시는 아예 없다. 그럼에도 불구하고 시인은 그렇게 완벽한 시를 꿈꾼다. 자칫 그런 욕심이 억압의 형태로 나타나게 되면 시는 중도에서 멈추어 고착固着되고 말거나 거꾸로 되돌아가는 퇴행退行을 하거나 그도 아니면 이상 표현욕이나 여러 가지 신경증神經症을 보이게 된다. 대상에 따라 그 대상이 시인에게 주입注入되어 축적되어서 어떤 일정한 표현의 습관을 갖게 되기도 한다. 자아가 주입되면 자아적인 표현, 나르시시즘이 주입되면 나르시시즘적인 표현에 매달리게 되는 것이다. 때로는 현재 구가하고 있는 시의 완성도를 이상스러울 정도로 걱정하는, 즉 심기증心氣症에 빠져 불안한 상태에 빠지기도 한다. 그 어떤 증상도 모두 시인 스스로가 마침내 극복해야 하는 문제다.

시인 박정규는 아프다. 그의 마음이 아프다. 우리가 흔히 서정抒情을 말할 때 서정은 감정의 고양을 의미한다. 어떤 상황에서 감정이 꼭대기를 향하여 치달아 올라간 상태, 그런 상태를 유지하면서 사물을 바라보기가 쉬운 일은 아니다. 그게 쉽다면 그는 분명 고수다. 저 자신이 아파서, 화농된 상태(inflammation)를 겪고 그것을 생생하게 기억해야만 사물의 아픔까지 이해하고 껴안을 수가 있는 것이기 때문이다. 그러므로 아프다는 것은 서정의 마지막 지경에 이르렀음을 대변한다. 그렇다. 시인은 제대로 아파야 관념에서 빠져나와 비로소 시다운 시를 쓸 수 있다. 리처드 로티는 시인이야말로 그의 상상력의 힘으로 사물의 고통과 연대하고 새 시대의 전망을 이야기할 수 있는 지식계층이라고 말한다. 시를 어떻게 쓰느냐보다는 무엇을 쓰느냐가 백 번 천 번 더 중요하다는 날선 웅변이다.

은방울꽃/Stair way to heaven

이 마음 판에 새겨진 느낌표
선명한 아름다움의 기억이라고 말해야 하는
몸 숙여 들여다볼 때마다
찰랑거리며 들려오던 소리
착하고도 환한
그 속 다시 헤아려보는 일은
정녕 천국 계단에 이르는 이정표일까
그 온유함과
그 오래 참음과
그 무례히 행치 않던 힘의 실감
그러므로 잊지 않기를
남겨진 저 사랑이 나를
이 공허의 바다에서 건져주고 있음을

<전문>

　은방울꽃을 허리 굽혀 물끄러미 들여다보면서 시인은 도대체 누구에게 무엇을 말하고 싶은 걸까? 마치 느낌표처

럼 뭉툭하다가 허리가 좁혀졌다가 도로 뭉툭한 은방울꽃
을 빌려서 그 누구에게 들려주고픈 가슴속의 말이 있을 성
싶다. 그러나 한마디를 끝내 삼키고 만다. 다만 <찰랑거리
며 들려오던 소리>에 자신만의 의미를 부여할 뿐 정작 자
신의 소리를 내지 않는다. <천국>과 그냥 남겨져 있는
<지상>의 사랑으로 슬쩍 신호만 남겨놓을 뿐이다. 그러나
그런 흐림이 오히려 다행한 일이다. 자칫 넋두리에 빠질 위
험이 너무 컸었으니까 말이다. 여기서 박정규 시인의 독특
한 감성, 여린 듯싶지만 결코 여리지 않은 속내를 읽을 수
있는 것이 풋풋한 위안으로 다가온다.

백목련/꽃 속에는 늘 그대가 있어

걷다가
꽃잎 툭 떨어지는 그 아래에
우두커니 서 있어본다
라라 파비안의 노래를 떠올린다
깨어진 맹세
해로偕老의 약속은 스러졌고
이 세상의 세계에서 사랑할 방법도 없는데
닿기까지 혼자 걸어야 할 길은 남았다
막막함은 아닐지라도
이 걷는 일의 무미건조함에 대해서 생각한다
그러니까 너는 목련이었나
활짝 피어야 할 순간의 때에 낯을 닫다니
분리되는 통증의 바람 앞에서
아파, 작게 말하면서도

미련은 내보이지 않으려 하던 기억
절절하게 남아
목젖 또 치받혀 오르고

<전문>

그렇다. 시인 박정규는 그리 오래 자신을 감추지 못하고
드러내고 만다. <걷다가/꽃잎 툭 떨어지는 그 아래/우두커
니 서>서 자신의 내면에 깊숙이 박혀있는 가시에 대한 이
야기를 두런두런 털어놓는다. <활짝 피어나야할 순간의
때에/낯을 닫>은 그 가시의 실체는 바로 유명을 달리한 그
의 아내인 것이다. 이쯤에서 시인 박정규의 거의 모든 작품
을 읽으면서 그의 가슴에서 터져 나오는 것들이 남김없이
그 <아내>에 대한 아직 삭이지 못한 서늘한 기억들이며
미련이며 소망인 것을 눈치 채고 만다. 랭보는 시인을 두고
<고독한 견자見者>라고 했다. 박정규 시인이야말로 지금
볼 수 없는 아내를 혼자 고독하게 <목젖 치받혀 오르>면
서 응시하고 있는 것이다.

고들빼기/역설적 권유

생김새가 제법이지요?
벌레 따위도 널름거린다니까요
그러나 조심해야 돼요
아주 쓴맛을 지녔거든요
그게 두렵지 않다면

먹고 마시고 삼키는 일에 흥미를 잃었다면
눈 딱 감고 나를 그대의 속에 삼켜보세요
그 쓴맛 참아내다 보면
조금씩 구미가 살아나게 될 테니

<전문>

시인은 지금 심각한 병을 앓고 있다. 그 심각한 속병이
그를 깊은 심연에 가라앉게 하고 있다. 그것은 바로 그의
<아내>에 대한 기억이다. 그는 그래서 사물을 온전하게
사물로만 보지 못한다. 그 어떤 사물도 그에게는 오로지 의
미망 안에서의 매개존재일 뿐이다. 고들빼기를 가만히 들
여다보는 시인의 모습은 몹시 고독하고 쓸쓸하다. 그가 아
무리 도리질을 쳐도 고들빼기는 이미 고들빼기가 아니다.
고들빼기의 고유한 쓴맛조차도 그의 앞에 와서는 단지 조
심해야 되는 아내의 고언으로 본질을 바꾸어 선다. 언제가
되어야 박정규는 그가 갖고 있는 날카로운 시선을 사물의
정수리에다 제대로 꽂을지 그를 지켜보는 마음이 꽤 심각
해진다.

부추꽃/지각知覺 혹은 아포리즘으로서의 강론講論

광야로 내몰린 무리는 어쩔 수 없이 그리움에 매달리
게 돼 그중에서 한두 사람만 꿈꾸는 시각을 갖게 되고 모
세는 무슨 색깔의 꿈을 꾸었을까 그 땅에서 피던 하찮은
부추의 꽃까지 화사했음을 알고 있었을 텐데 그러나 저쪽

세계로 돌아설 수는 없는 일 이 광야 또한 스쳐 지나가는 길이니 황량한 바람 두렵지도 않았으리 어서 건너기만 바랄 뿐 그런데 사람 생겨먹기가 어디 그런가 오랜 세월 광야에서 배회할 것을 뻔히 알면서도 버리지 못하는 그리움을 끌어안는 것들이니

부끄러움은 언제부터 갖게 된 것일까 이 감각의 초점 빗나가기 일쑤임을 깨달은 순간부터일까

내 앞에 펼쳐진 광야의 길에 또 술렁이는 바람이 부네 새로운 각성을 기다리면서도 여전히 그 화사한 맛의 미련을 버리지 못해 들뜨게 되니 건너갈 일이 참 아득하네

<전문>

<지각知覺 혹은 아포리즘으로서의 강론講論>이라는 부제를 차라리 붙이지 않았다면 이 시 <부추꽃>은 좀 더 화려하게 부활했을 것이다. 그걸 뻔히 알면서 왜 시인은 <부추꽃>에다 형벌의 굴레를 씌웠을까? 여기서 시인 박정규의 다분히 의도적인 의식이 조금은 부담스럽게 다가온다. 부끄러움에 대한 어떤 의무감, 그것이 제발 도덕률이 아니기를 소망해 꿈꿔보지만 그는 단호하다. 그에게서 도덕은 도덕이며 한 발 물러서거나 타협하거나 한 쪽 눈을 감지 못하고 만다. 세상사를 도덕으로 재단하기 시작하면 그것은 불행이다. 그런 의미에서 시인 박정규는 행복하지 않다. 그는 끊임없이 자기 모습을 거울에 비춰보면서 결손의 부분을 너무 지나치게 자각하고 있는 것이다. <건너가야할 일이 참 아득>하지 말기를 첨언해 두지만 그의 고집이 어

디 그럴까, 두고 볼 일이다.

> 골무꽃/그대 손톱도 잘 자라고 있었을 텐데
>
> 세월 이만큼 지났다
> 마음 혼자 문지르며 견뎠다
> 번거롭지 않아 괜찮다며
> 아무렇지 않은 척했지만 사실은
> 그대가 늘 곁에 있었으면 했다
> 성질머리라든가
> 손톱만 뾰족하다며 투덜거릴 수 있던 이
> 그걸 겸연쩍어 하면서도
> 할퀴어대는 그 짓이 차라리 속 시원하다고,
> 그게 낫다고 여기게 만들던 사람아
> 내 웃자라는 손톱도 만만치 않아서
> 마주 할퀴어댔겠지만
> 그 어쩔 수 없는 것들을 오히려
> 쓰다듬고 싶어 했을 우리

<전문>

　시인 박정규의 시는 고백이다. 그렇기 때문에 그의 시는 모두 하나의 말이다. 아니다. 모두 하나에 집착하는 다른 말들이다. 고였던 물이 배수구를 빠져나가는 모습을 보면 그냥 내려가지를 않고 소용돌이를 치면서 비명을 지르는 것을 알 수 있다. 시인의 속내에 고여 있는 물이 무엇인지 가늠하기가 쉽지 않지만 이제 소용돌이를 치면서 소리를 내지르고 있다. 이미 <골무꽃>도 예외가 아니다. 아내에

대한 그리운 추억이 <마음 혼자 문지르며 견뎠>던 것들이다. 그것 밖에 다른 말이 없다. 시인은 지금 그만큼 허하다. 그러한 것들이 비명을 지르며 다 빠져나갔을 때 비로소 분명하고 아름다운 자기 목소리를 낼 것이다. 그렇게 믿게 만드는 것이 이 시 <골무꽃>이다.

명아주/집착에 관한 소고小考

훌훌 날아다니기를 좋아했다
그걸 늘 원했는지는 모르겠는데
목마름 맛보면서 알게 된 하나가 있다
나를 정말 나처럼 만들던 것은 묶임이었다고
그 끈 툭 끊어지면서 생긴
자기연민도 아닌 이 슬픔 속에서
이제 무엇을 결심해야 할까
세월에 그냥 잠겨들어야 할까
퍼덕거림조차 삼가면서?
그건 들볶음 덮어놓는 것뿐일 텐데
뛰는 것 참고 또 참는 시늉에 불과한

밤새 비가 왔다
창문 앞을 지나는 전선에 참새 한 마리
젖은 끈 혼자 움켜쥐고 있다
버티고 비 맞음이 내 고집의 터무니없음 같아
웃었다, 웃다가 슬쩍 눈자위 문질렀고
언제나 있을 자리에 있는
아, 네가 참 새로구나, 중얼거리면서

<전문>

아내의 부재에 대한 숱한 자각이 계면쩍었던 것일까, 시인의 시집이 중간을 넘기면서 추임을 한다. <명아주>에서 <시늉에 불과한> 것들에 대한 불만이 있음을 토로한다. <언제나 있을 자리에 있는> 것이 <참새>라는 오보를 그는 그냥 오보인 채로 놔두고 있다. 왜일까? 지금까지의 시들에게 그렇게 치밀하면서 왜 하필 <명아주>에서 그는 오보를 오보로 놔두는 것일까? 이제 그는 비로소 기억속의 자신, 그 속박을 인지한 것이다. 그는 기실 끊임없이 절대 자유의 노마드를 꿈꾸고 있는데 정작 그가 입을 열면, 눈을 뜨면, 연필을 잡으면 튀어나오는 것들이 전부 속박 안에 가두어진 것들이었음을 이 시 <명아주>에서 통렬하게 토하고 있는 것이다. <참새>가 그를 구원해줄 실마리가 될 것인가, 두고 볼 일이다.

물망초/소프라노의 뜰 2

고물 선풍기 고개를 이리저리 돌리고 있었다
연립주택 텃밭의 뙤약볕 얼마나 따가웠을까
채소 뜯어와 다듬는 소프라노의 젖가슴과 등짝을 늘어진
티셔츠가 가려주며 함께 땀 흘렸다
그 어깨 쪽에 고정버튼을 눌렀다
황지우의 시가 차려졌다, 거룩한 식사
먹는 동안 가슴 먹먹하고 시큰거렸는데
속에는 진땀이 뚝뚝 떨어지는 것 같았는데
소프라노의 명랑한 발성이 이어졌다
"왜? 난 그래도 이게 고맙고 즐거운 걸."

그건 타고난 음색
오래 연습하고 훈련해도 나는 따라갈 수 없던
사람아,
그러니까 이런 기억이 그리움이라는 것이냐

<전문>

이 시 <물망초>는 시인 박정규의 가장 뛰어난 시로 읽힌다. 고백이 아니라 고백하고 있는 사실을 그는 과감하게 밖에서 보고 있다. 사물이 비로소 제 모습을 망가뜨리지 않고 사물로 온전하다. <황지우의 시가 차려진> 식사도 나름대로 완벽하다. 이제 시인 박정규는 구순기를 지나서 다른 지평을 쳐다보고 있는 것이다. 그래야 시인이다. 그가 그러지 못하고 붙박였더라면 시인에게는 아무런 성취의 기색이 없었을 것이다. 그러나 그는 오감을 두들겨 새로운 음색을 만들기 시작한 것이다. 그것은 희망이다. 이 시 <물망초>에는 후회가 없다. 근근한 그리움도 없다. 따라서 추억도 없다. 이미 곁에 없는 것은 없는 것이라는 자각만 있을 뿐이다. 이미 중견을 훌쩍 넘긴 그의 시에 대한 역량이 앞으로 어떻게 빛나는 수작들을 쏟아낼지 얼마든지 기대해서 좋을 것이다. 사물을 있는 그대로 옮겨놓은 이 시 <물망초>가 갖는 시적 의의는 그래서 매우 특별하고 크다고 할 것이다.

흰꽃창포/연시戀詩 2
―사랑에겐 사랑일 수 있었음이 이미 보답이다 내게 이를
　가르쳤음은 당신의 힘이다

이 세월의 가을 깊어지는데도
마음자락 끝에 매달고 있었나
속 타올라 붉어지면서
다시 노랗게 애태우며 견디다가
결국 쓸쓸한 춤사위로 떨어뜨렸나
미련의 꼭지는 들여다보지 않더라도
그러나 묻고 싶다
언젠가 용서의 시간은 오려는지
내 시절 여름이었고
한 무더기 물이며 소나기였을 때도
그 목마른 푸름 아랑곳 않던 것
들이붓기만 했을 뿐
우리의 한 세월 그냥
스쳐 지나가는 것처럼 여겼던 것

<전문>

　<흰꽃창포>는 시인 박정규의 내면의 목소리이다. 지금
까지 그는 누가 뭐라고 하든 아랑곳하지 않고 부재의 <아
내>를 불러다가 한바탕 살풀이를 했다. 그 살풀이의 결과
를 놓고 그는 아무것도 바라지 않고 가만히 들여다보고 있
었다. 그렇게 하고 있었다는 귀띔으로 삼색 신호등을 내걸
었고 그것이 바로 이 시 <흰꽃창포>이다. 이제 시인은 그
신호등에 어떤 색깔의 빛을 낼 것인지를 선택해야 한다. 무
위의 산책이 아니었기 때문에 빛을 선택해야 하는 것은 더

욱 자명하다. 스스로에게 빨강 신호등을 켤 것인지, 파랑 신호등을 밝힐 것인지, 아니라면 유보의 노랑 신호등을 깜빡거릴 것인지 그럴 시간이 임박했음을 그는 너무나 잘 알고 있다. 용서할 수 있을 때 용서해야 한다. 그것은 생각이 아니라 행위이다. <여름이었>던 시절을 꺼내들었으면 <그냥/스쳐 지나쳐>버릴 일이 아니라 그 끝자락을 물고 늘어지기라도 해야 할 때인 것이다.

부채붓꽃/나를 위한 기도

어찌해야 좋을지 멋대로는 산 것 같은데 원 없이 산 것 같지는 않으니 이 고집의 생겨먹기는 쿵쿵 뒤도 안돌아보는 발자국소리였다 그게 자꾸 화가 나는 것은 내가 희미해지지 않는 게 여전해서일까
아이들은 곧 세밀한 시력을 갖게 되리라 더 잘 보고 더 깊이 파악하기 시작했을 때 아비는 표상이 될 수 없음도 알게 될 테지 늘 둥글고 그럴듯한 말 뱉어댄 것 내면의 완악함 내보이지 않으려는 허세였음을 그걸 감추기 위해서 시인을 빙자하기 잘했다는 것도 읽으며 저놈들이 허탈해하지는 않으려는지 입술 지그시 깨물지언정 내 아버지 그럴 수밖에 없었다고 고개 주억거려주기를 바라는 스스로를 건너다보니 쓸쓸하다

<전문>

희미해지고 싶다는 은근한 생각은 그것이 한 때 치기일지라도 용서가 되지 않는 <도망>이다. 그것을 누구보다도

잘 알고 있는 시인이 그러고 싶었다고 슬쩍 내비치고 있다. 그 어느 꽃보다도 연하여서 바람에게조차 툭하면 문드러져버리는 <붓꽃>에 기대어 자신의 허세를 고백하고 있다. 그것은 시인의 마지막 보루인 자존감이다. 그의 실존이 실존하지 않는 <아내>의 몫까지 나름대로 잘 추스르고 견뎌냈다는 일종의 전상서가 이 시 <부채붓꽃>이다. 그러므로 제4부로 편집된 몇 편의 시는 모두 부록이다. 부록이 본문보다 더 위중할 수는 없다. 아무튼 절대미망의 정점, 그 클라이맥스를 앞서 든 <물망초>에서 구가한 이상 부록은 다만 부록일 뿐이다.

지금까지 시인 박정규의 시편들을 나름대로 아울러보았다. 시인은 '어떻게' 시를 쓸까 고심하는 사람이 아니다. 그렇다고 무엇 '때문에' 시를 쓴다면 시가 난처해진다. 시인은 죽으나 사나 '무엇'을 쓸까 머리를 싸매어야 한다. 시인 박정규의 경우 그 <무엇>에 해당하는 것이 <아내>이었을까. 그렇다면 이 시집을 펼쳐든 독자들에게 그의 시를 이해하는 단초가 될 것이다. 그 단초로부터 대상對象인 아내에게서 벗어나려고 몸부림치는 트림까지 읽혀졌으면 하는 것이 평자의 간절한 바람이다. 그것이야말로 시인 박정규의 절정의 마침표이기 때문이다.

박정규

시인의 저서로 시집 『별은 아스피린이다』, 『소프라노의 뜰』과 시론집 『박정규의 시 쓰는 이야기』, 산문집 『변심했던 아내를 기억함』 등이 있다. 시창(詩窓) 동인이다.

꽃 속에는 늘 그대가 있어

초 판 인 쇄 | 2010년 11월 12일
초 판 발 행 | 2010년 11월 12일

지 은 이 | 박정규
펴 낸 이 | 채종준
펴 낸 곳 | 한국학술정보㈜
주   소 | 경기도 파주시 교하읍 문발리 파주출판문화정보산업단지 513-5
전   화 | 031) 908-3181(대표)
팩   스 | 031) 908-3189
홈 페 이 지 | http://ebook.kstudy.com
E - m a i l | 출판사업부 publish@kstudy.com
등   록 | 제일산-115호(2000. 6. 19)

ISBN   978-89-268-1630-1 03810 (Paper Book)
        978-89-268-1631-8 08810 (e-Book)

이담 Books 는 한국학술정보(주)의 지식실용서 브랜드입니다.